W9-AFP-207

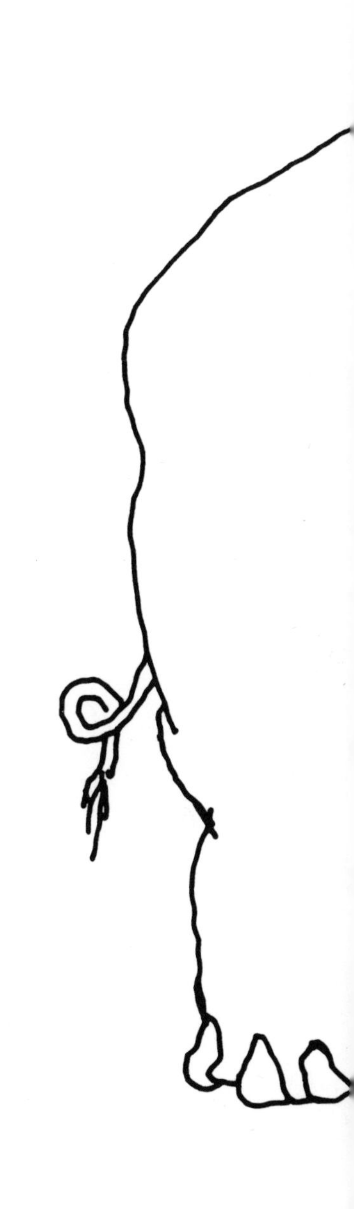

¿Quién

compra un rinoceronte?

Shel Silverstein

TRADUCCIÓN DE MIGUEL AZAOLA

Kalandraka

Título original: *Who Wants a Cheap Rhinoceros?*

Colección libros para soñar®

Rúa de Pastor Díaz, n.º 1, 4.º A. 36001 - Pontevedra
Tel.: 986 860 276
editora@kalandraka.com
www.kalandraka.com

Impreso en Gráficas Anduriña, Poio
Primera edición: febrero, 2016
ISBN: 978-84-8464-918-2
DL: PO 22-2016

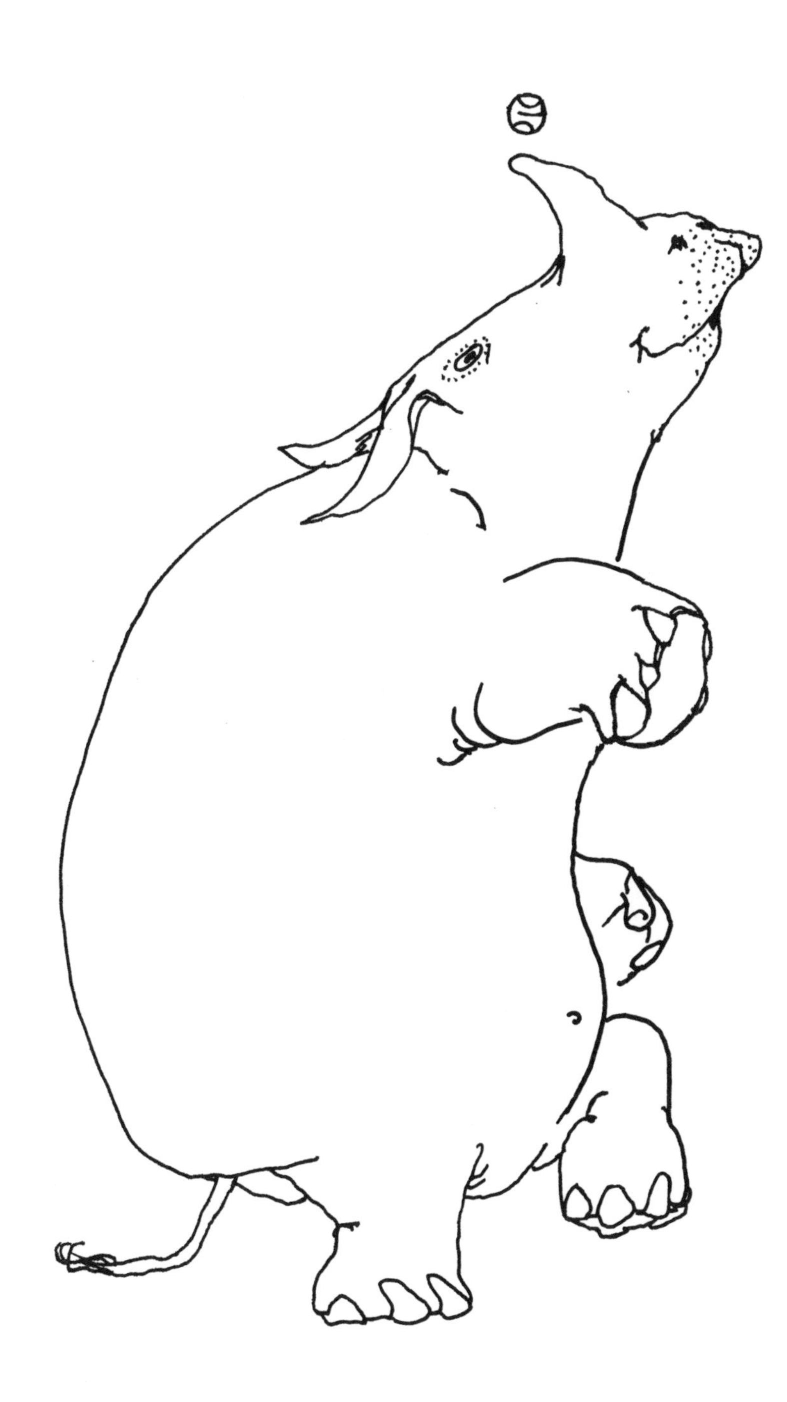

Para Meg y Curt

¿Quién compra un rinoceronte?

Yo sé de uno que está en venta
con patazas y orejotas
y una cola muy contenta.
Es mimoso y cariñoso,
callado como un ratón,
y en las cosas de la casa
puede ayudar mogollón.

Por ejemplo…

Puede ser un buen perchero para abrigos y sombreros.

Rasca la espalda mejor
que el más diestro rascador.

Si le consigues un cable,
puede hacer muy bien de lámpara…

… y, antes de verlas tus padres,
las malas notas se zampa.

Con las puertas se arma un lío.

Pero es un feroz pirata.

Y, si es preciso, a tu tío
puede abrirle alguna lata.

Puede compartir contigo
los tebeos del domingo.

Juega encantado a la comba y la maneja con gusto…

… siempre que, cuando le toque,

salte él también, como es justo.

Como es algo corpulento,
a veces pisa fatal.

Pero ayudará a un aumento
de tu paga semanal.

Es un gran barco de guerra,
potente e insumergible.

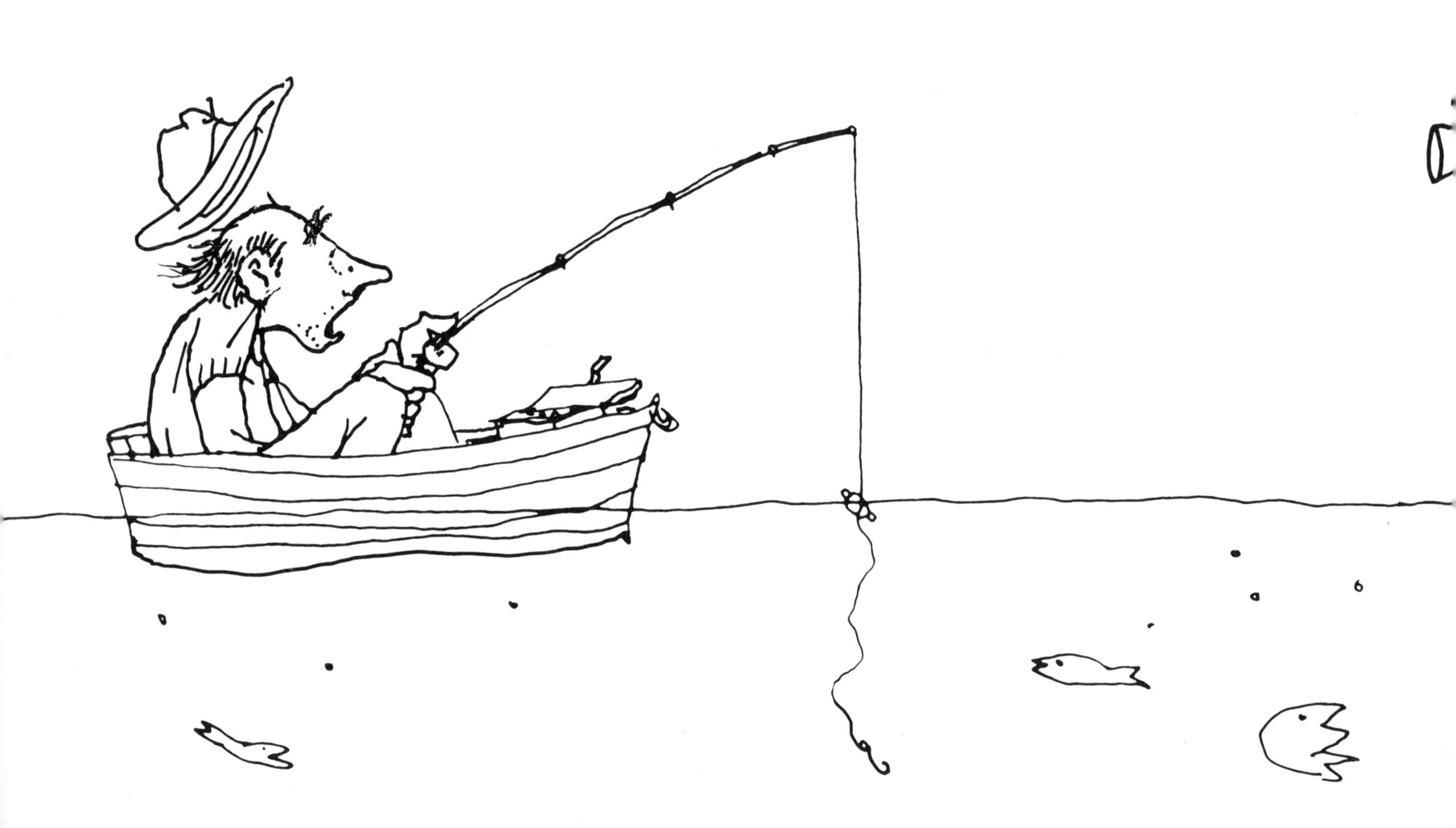

Pero un viaje a la bañera es misión casi imposible.

Es un sillón
supercómodo
donde podrás
descansar…

… pero resulta
algo incómodo
si es él quien
se va a sentar.

Ayuda de maravilla
a tu abuela a hacer rosquillas.

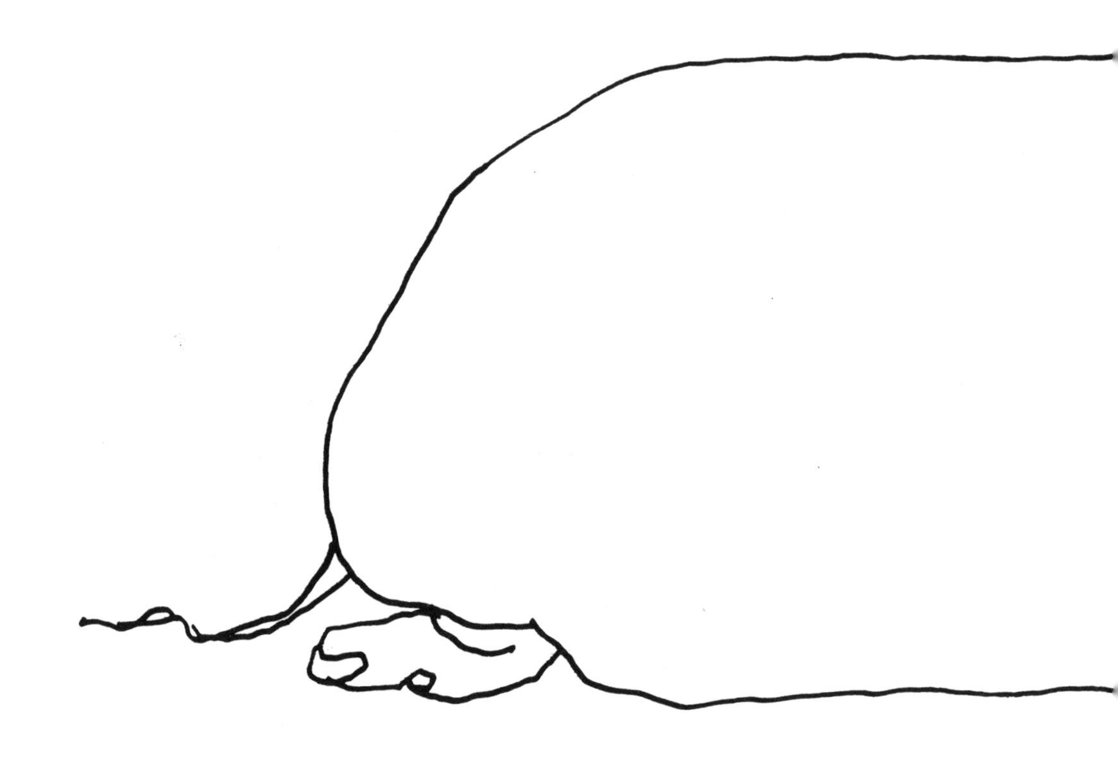

Y si un castigo amenaza
(a pesar de tu inocencia),
tú no ofrezcas resistencia:
él es tu mejor coraza.

Cuando la noche es glacial,
arrebujado en tu cama
da un calorcillo especial

y ni el más listo lo pilla
cuando a la nevera baja
por la noche de puntillas.

Limpia la mesa de restos sin dejarse ni una miga.

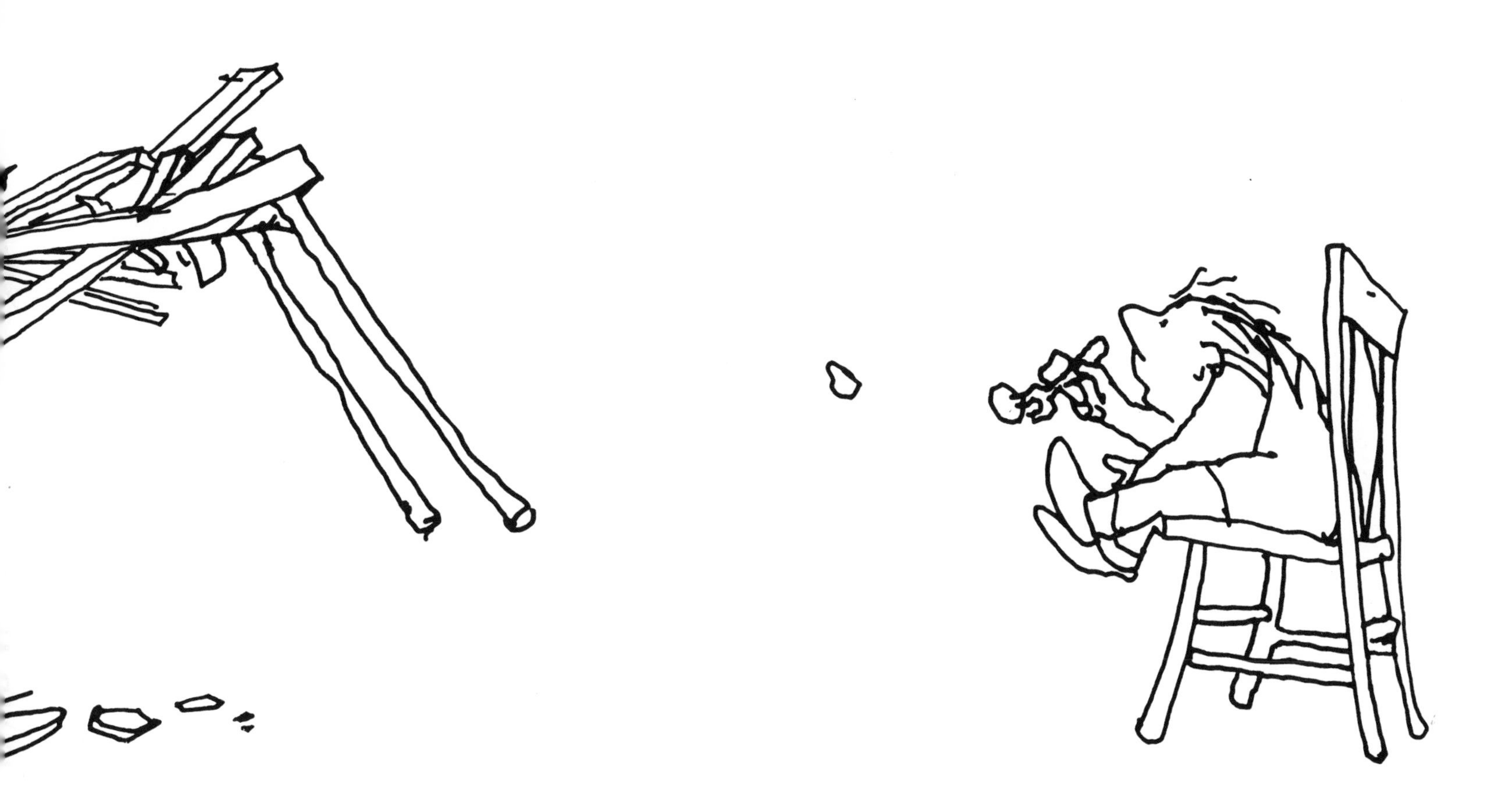

Juega bien a bandoleros:
«¡Alto! ¡La bolsa o la vida!».

Le divierte más que nada
la sorpresa inesperada.

Y encantado ayudaría
a hacer calceta a tu tía.

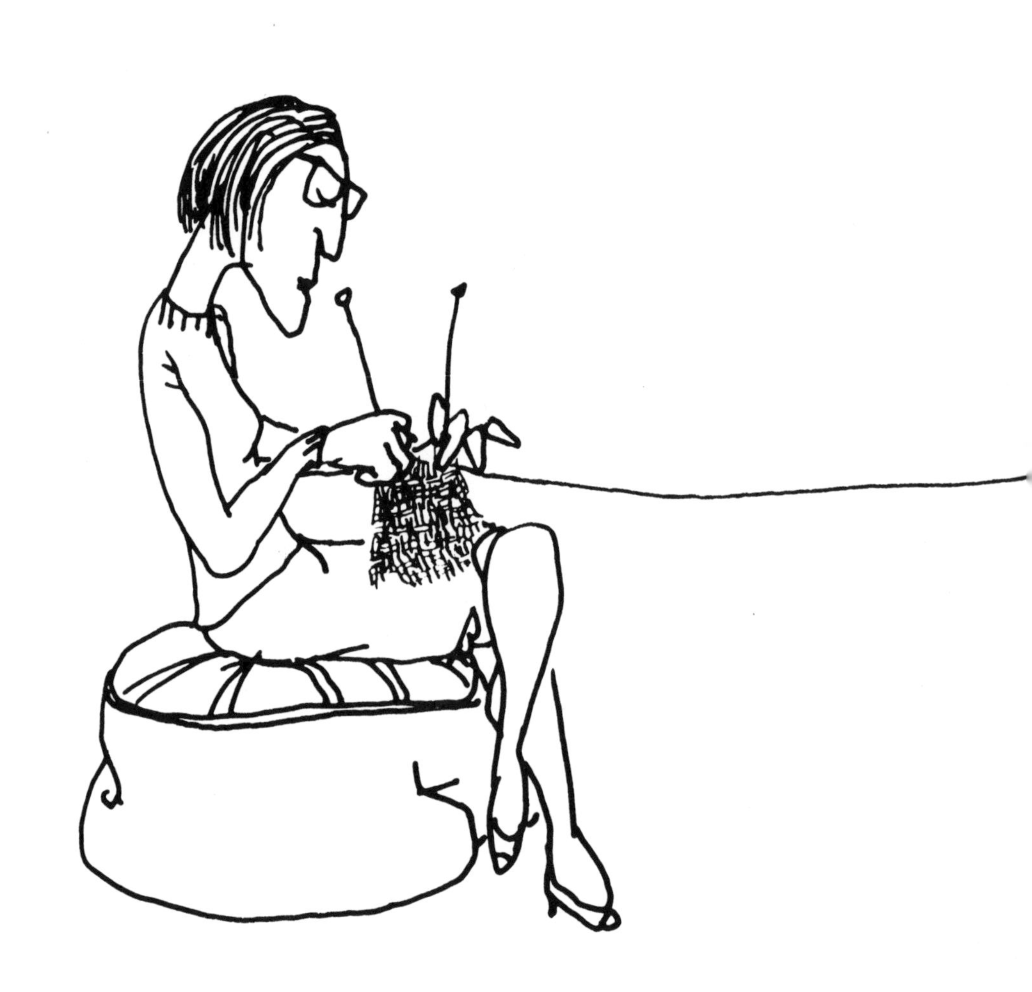

Sobre todo si el jersey
se lo están haciendo a él…

No quiere que en casa noten
huellas de rinoceronte.

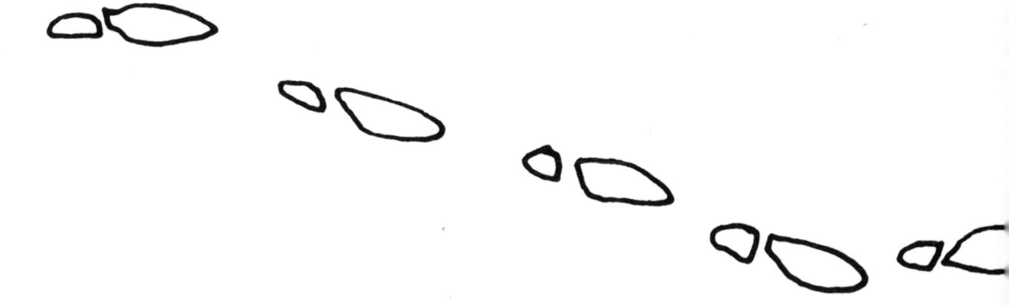

Si se encuentra algo pachucho,
da gusto poder cuidarlo…
y a él también le gusta mucho.

¿Eres granjero o granjera?
Pues no pierdas un instante:
¡como arado, es de primera!

Es difícil
que le vaya
una casa
a la medida.

Pero, gracias a él, la playa
es más divertida.

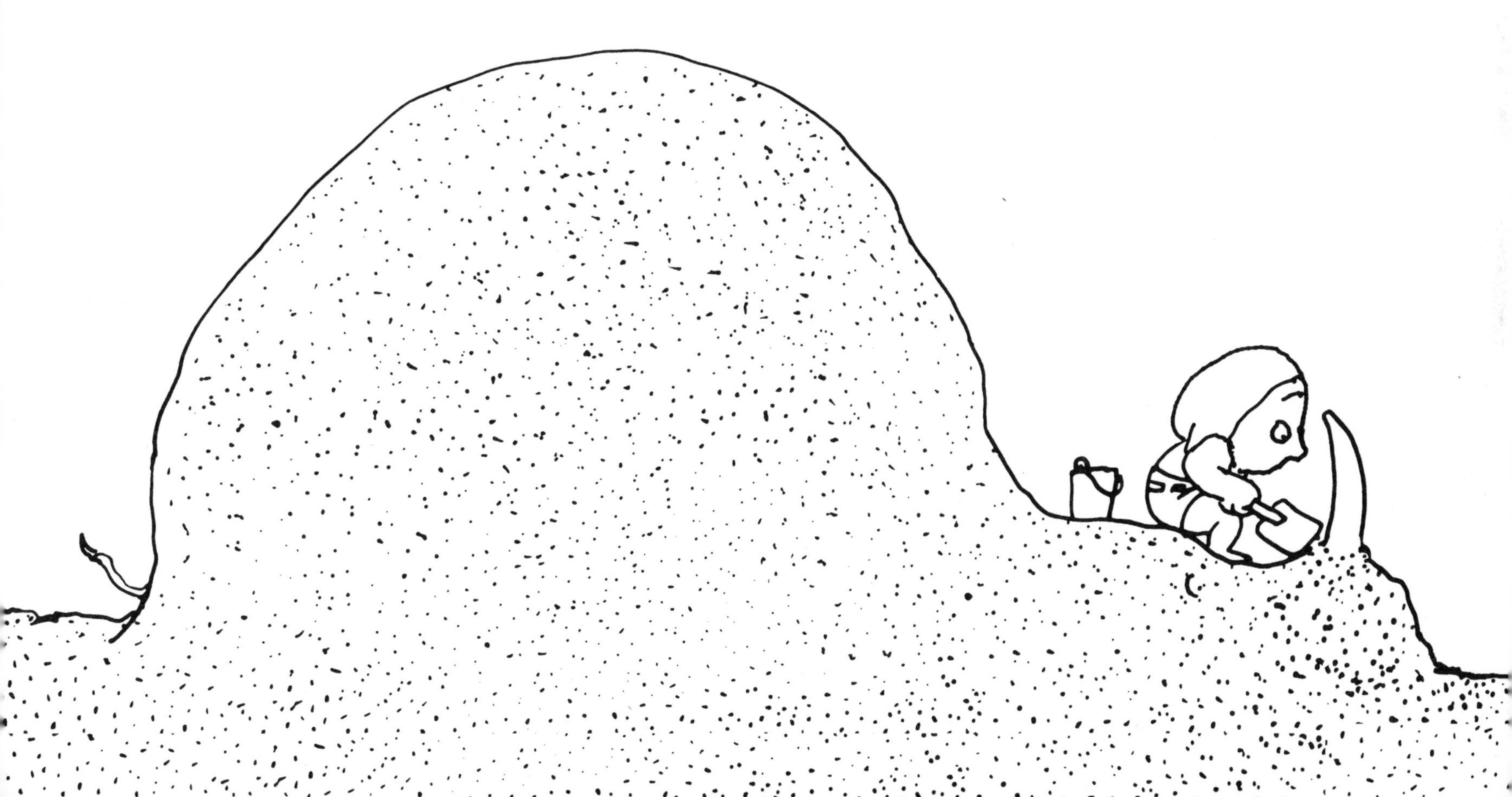

Y es que es todo un campeón imitando a un tiburón.

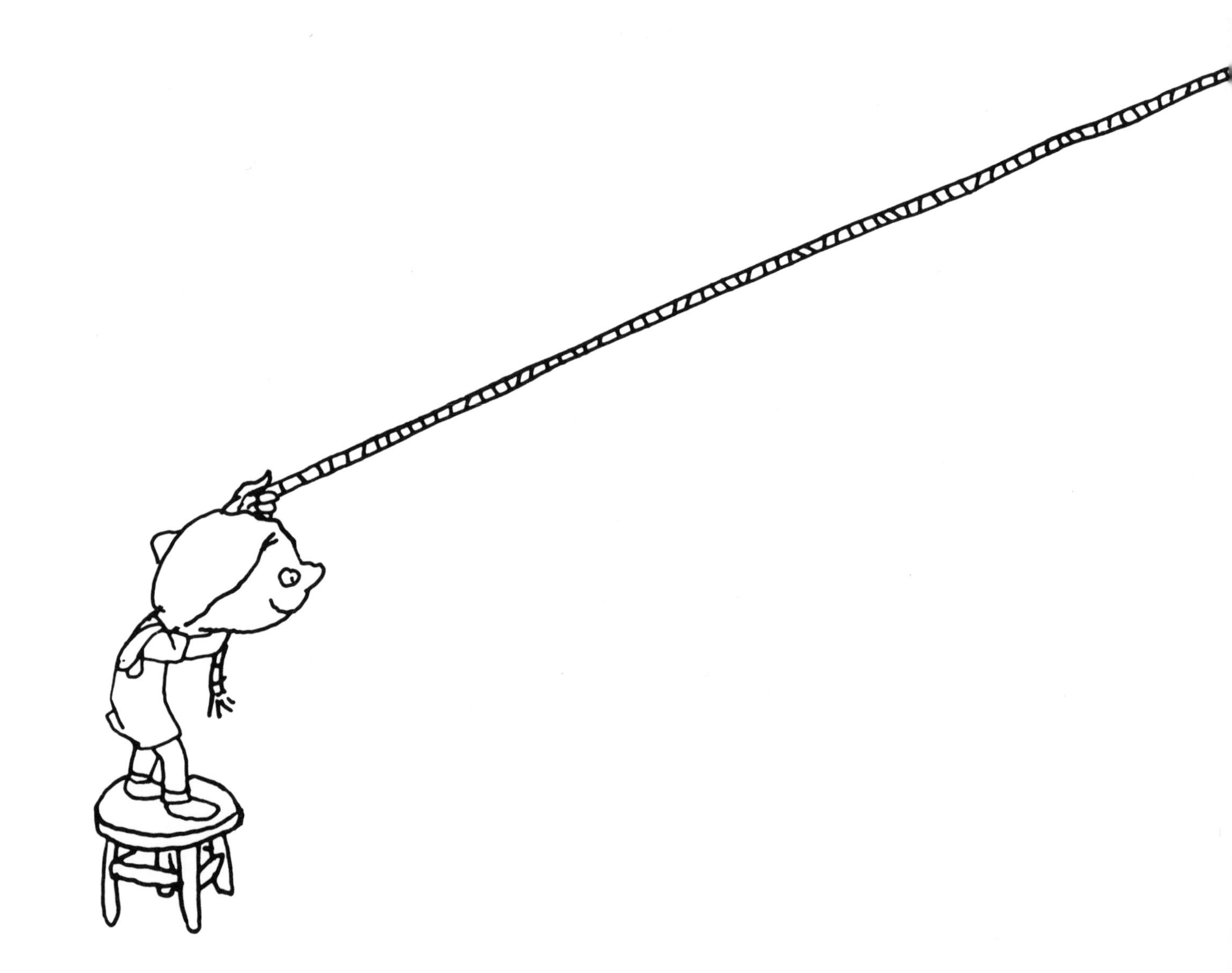

A falta de tocadiscos,
es el mejor pinchadiscos.

Y aunque ponga cara adusta
porque el modelo le irrita,
en las fiestas, si te gusta,
lo vistes de señorita.

No hay cosa
que más le excite
que jugar al escondite.

Sabe aceptar un sermón.

Y se le quiere… un montón.